Al otro lado del río
Antonio Ventura
Linda Wolfsgruber

Dirección general: Mauricio Volpi
Dirección editorial: Andrea Fuentes Silva • Editora
Diseño gráfico: Sandra Ferrer / Lucero Vázquez

Primera edición: Nostra Ediciones, 2009

D.R. © Nostra Ediciones, S.A. de C.V., 2009
    Alberto Zamora 64, Col. Villa Coyoacán,
    04000, México, D.F.

Textos © Antonio Ventura, 2009
Ilustraciones © Linda Wolfsgruber, 2009

ISBN: 978-607-7603-31-3 Nostra Ediciones

Impreso en China

Al otro lado del río
se terminó de imprimir en el mes de noviembre de 2009
en Everbest Printing Co. Ltd. 334 Huanshi Road
South, Nansha, Guangdong, 511458, China.
Para su formación se utilizó la fuente Perpetua
diseñada por Eric Gill en 1928.

Al otro lado del río

Antonio Ventura | Linda Wolfsgruber

NOS
TRA
EDICIONES

México | España

Esta es la historia de Lua y Bruno,

dos perros que vivían cerca de un río.

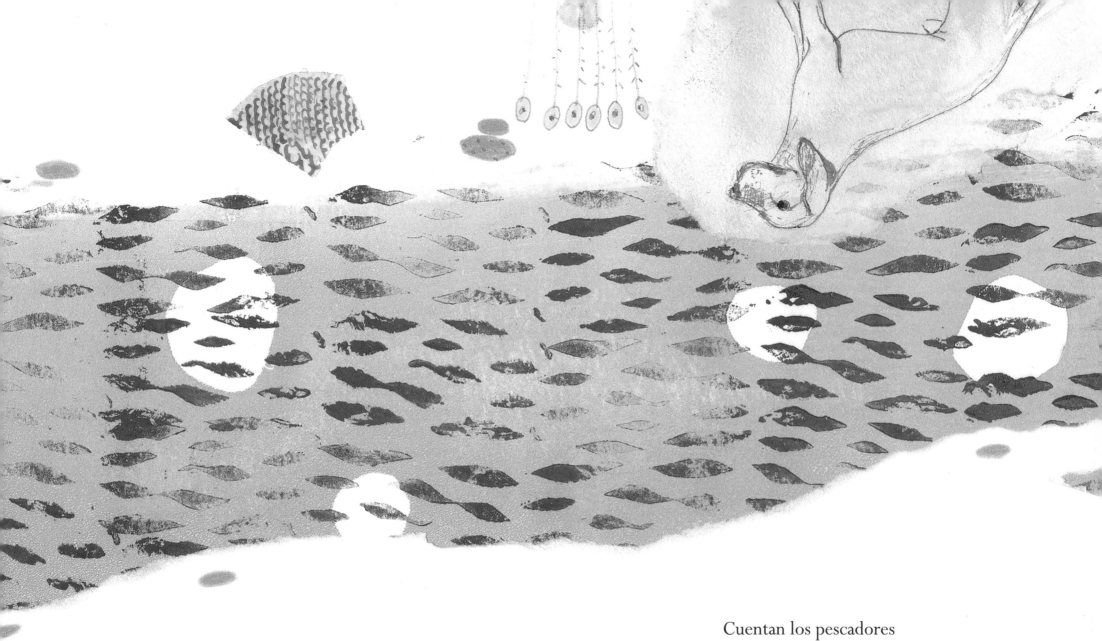

Cuentan los pescadores
que…
Pero esto es empezar por el final.

Lua y Bruno eran dos perros.

Cada uno vivía en una orilla distinta de un río,
al que no cruzaba ningún puente.

Lua observaba los movimientos de los juncos
al otro lado de la corriente de agua.
Bruno olfateaba el viento
cuando venía desde la otra orilla.

Como no había puente alguno,
ni Lua ni Bruno podían cruzar el río;
no sabían, pues, qué había al otro lado.

Un día, Lua sintió que entre las ramas de la ribera de enfrente,
unos ojos la miraban.

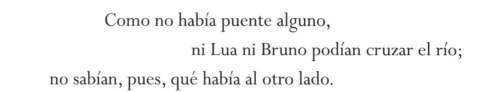

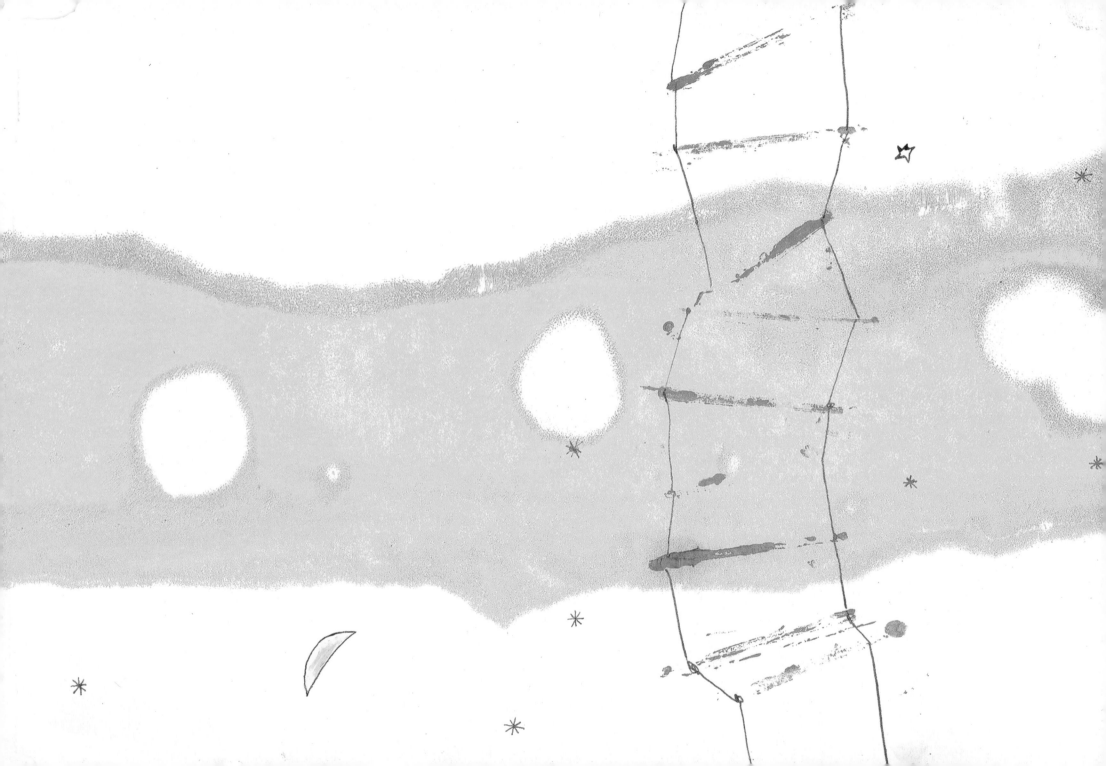

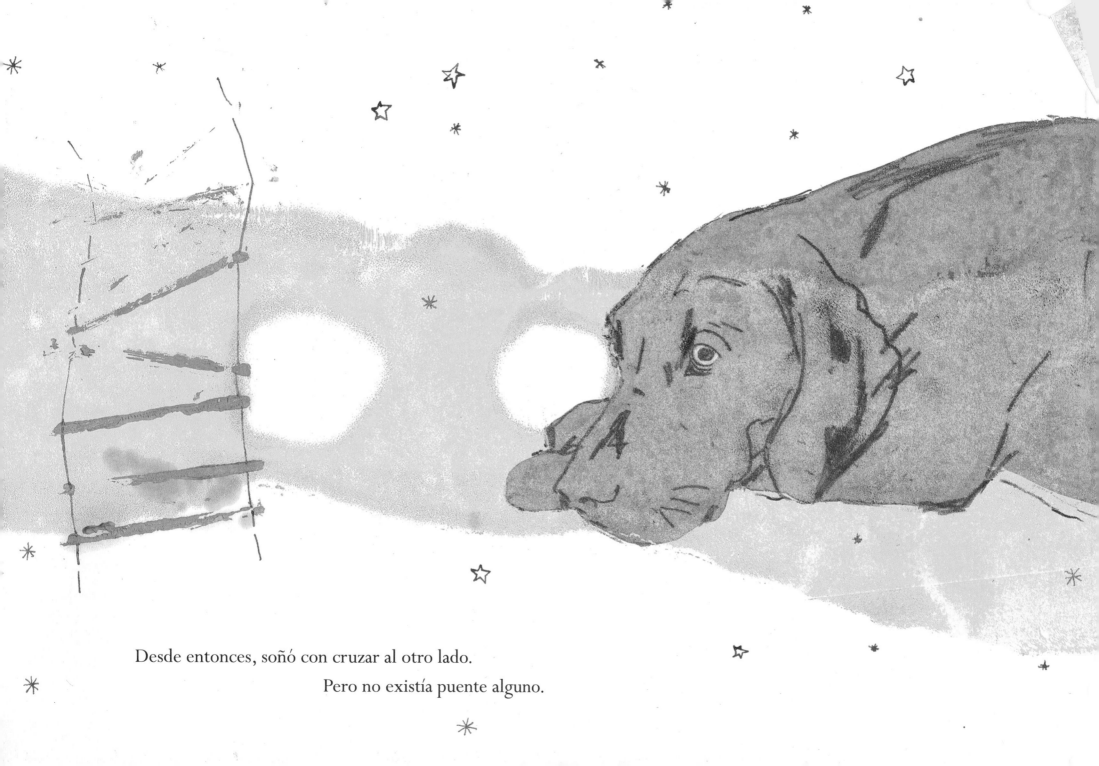

Desde entonces, soñó con cruzar al otro lado.

Pero no existía puente alguno.

Poco tiempo después, Bruno olfateó aquella presencia que procedía del otro lado del río.

Desde aquel momento, deseó cruzar a la orilla de enfrente.

Pero no existía puente alguno.

Todos los días Lua bajaba hasta las suaves arenas del remanso,
en uno de los recodos del río,
donde la corriente casi se detiene en ondas de espuma.

La prudencia le dictaba que no debía entrar en aquellos remolinos,
por suaves que éstos pareciesen.

Todos los días Bruno recorría incansable la ribera,

tratando de encontrar un paso que le permitiera cruzar el río,

pero era imposible.

No existía puente alguno.

Hasta que una tarde

Lua pudo contemplar con claridad

la silueta de Bruno recortada entre los juncos

al otro lado de la profunda catarata.

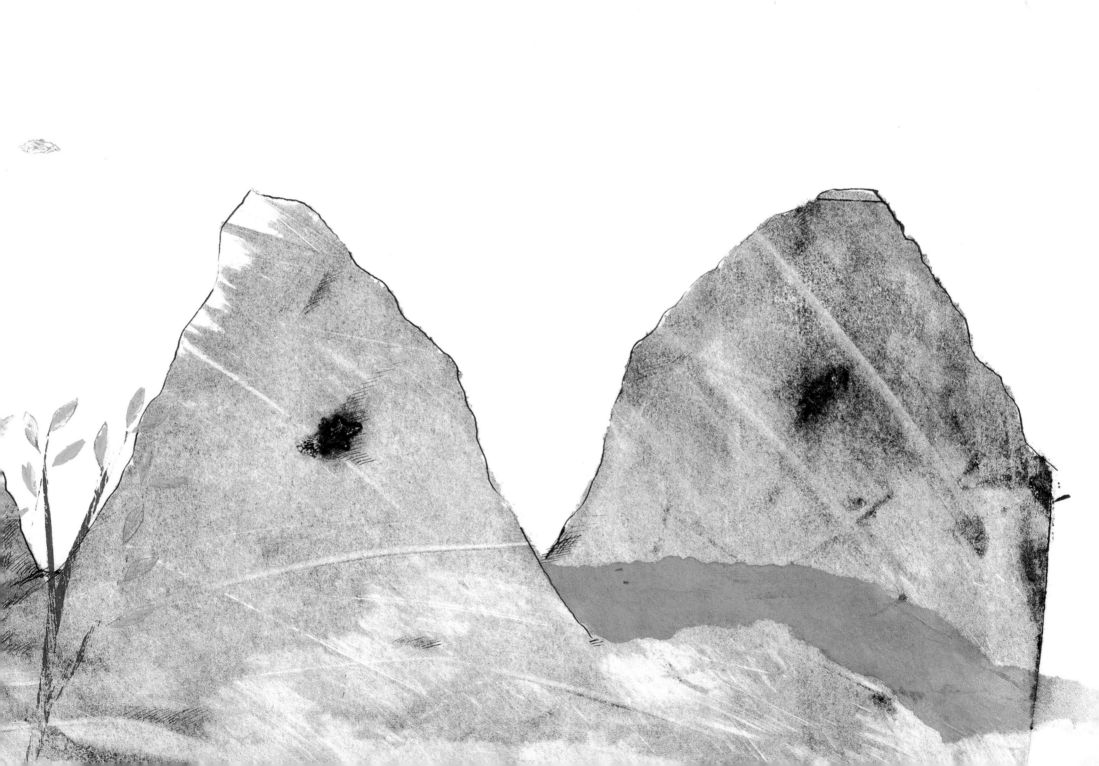

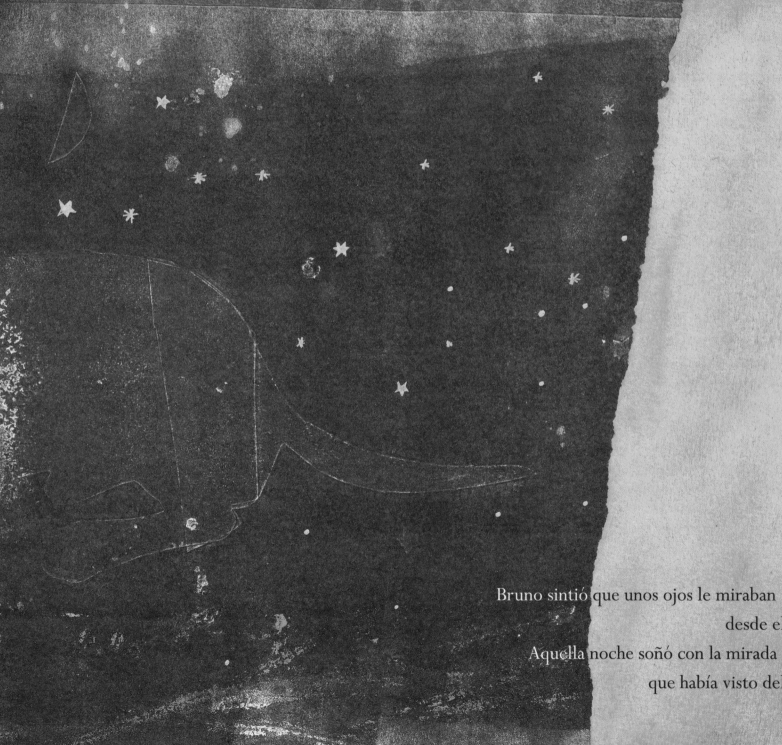

Bruno sintió que unos ojos le miraban
desde el otro lado del río.
Aquella noche soñó con la mirada
que había visto del otro lado del río.

Al día siguiente los dos perros, Lua y Bruno,

pudieron verse con claridad

en lo alto de las rocas que encierran la garganta de agua.

Ambos descubrieron en los ojos del otro su propio deseo.

Los dos sabían que no existía puente alguno.

También sabían que sólo podían encontrarse en la corriente del río.

En sus miradas descubrieron el recuerdo de todo lo presentido.

Cuentan los pescadores de la comarca

que un día dos perros, Lua y Bruno, desaparecieron río abajo

donde la corriente se remansa en arenas suaves

y en donde, dicen, es posible cruzar el río

aunque nunca nadie haya visto puente alguno.